지난날의 시

지난날의 시

발행일 2024년 1월 19일

지은이 筆名 봄비
펴낸이 손형국
펴낸곳 (주)북랩
편집인 선일영　　편집 김은수, 배진용, 김부경, 김다빈
디자인 이현수, 김민하, 임진형, 안유경　　제작 박기성, 구성우, 이창영, 배상진
마케팅 김회란, 박진관
출판등록 2004. 12. 1(제2012-000051호)
주소 서울특별시 금천구 가산디지털 1로 168, 우림라이온스밸리 B동 B113~114호, C동 B101호
홈페이지 www.book.co.kr
전화번호 (02)2026-5777　　팩스 (02)3159-9637

ISBN 979-11-93716-44-1 03810 (종이책)　　979-11-93716-45-8 05810 (전자책)

사랑과 이별 그리고

좌절된 기억으로부터의 시작

지난날의 시

筆名 봄비 지음

북랩

시인의 말

1992년 봄, 내가 다니던 단과대학의 빈 강의실에서

자습을 하다가 고개를 드니

창틈으로 햇살이 비쳐들었다.

…

가슴이 살포시 벅차오르는 봄의 숙녀처럼

나는 가방을 챙겨서

캠퍼스의 봄을 느끼며

청춘을 활보하였다.

이 시들은 지난날의 추억들이자 20대의 사랑과 이별 그리고 방황의 기억들이다.

내가 대학교에 진학했을 때, 초등학교 동창들은 모두 국문학과에 진학했을 것이라고 생각했다.

법학과에 들어간 난 법률에, 규범에 둘러싸여 방황했다.

내가 만약 다시 태어난다면 국문학을 전공하리라. 그리고 동시대 사람들의 마음을 위로하고 또 뒤흔드는 시를 쓰고 싶다. 이 시들 중 어느 한 편이라도 읽는 이의 공감을 얻을 수 있다면 그것만으로 출간의 목적은 달성된 것이다.

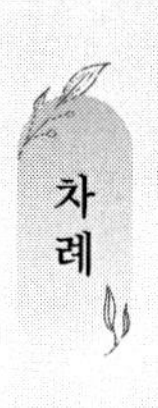

차례

겨울 여행

흰빛 도시를 헤매다

1

눈이 내린다

하얗게 아주 하얗게

온통의 순결에 축복하며

눈길을 걸었다.

무엔지 모를 대상을 향해 걷는다

지나가는 사람들의 다정한 발길

화려한 네온사인을 뒤로 뒤로

자꾸만 갔다.

하얗게 나를 감싸는 눈발

눈을 뜰 수 없다.

- 이 시를 이제는 彼岸에 있는
친구 홍일(故 김홍일 대전지법 판사)에게 바칩니다.

2

주점에 들어선다

문을 여는 순간의 화사함

여인의 아늑함을 초월하는 듯한

그 무언가의 내음

단지 눈이 온다는 이유만으로

이렇게 헤맬 수 있을까.

나의 모성(母性)이여

아늑한 공간으로 음악의 웃음이 흘러 나간다.

허전함을 짓누르듯

사람들의 대화 그리고 대화…

나는 시를 쓰고 있다.

이런 詩도 시라면

탁자 옆의 여자는

온몸으로 웃음을 문댈 거다

관능(Goldmund)의 몸짓으로

그러나 너는 그런 한 모습일 뿐

3

창밖에는

떨어지는 하얀 미소의 행렬

길게 늘어진 외투를 걸친 사내가

외로움의 잔을 든다.

머리 위엔 하얀 눈물

발에는 빛나는 이슬을 신고서.

'무엇이 서러우신가요? 이 포근한 눈 오는 밤에 무에 그리 안타까와 움켜쥔 잔을 부수고는 깨어진 조각을 마시려 하나요? 아름다운 로즈마린이 흘러나오면 기쁘게 잔을 기울이시렵니까?'

사내는 귀가 잘려 나간다.

4

주점의 구석마다

빈 술잔의 흐느낌이 처량한데

책상다리를 한 여인이

윤기 나는 두 눈을 사내의 외투 깃에 모은다.

문이 열리고

떨치듯 나가는 그의 뒷모습에서

밀려오는 텅 빈 허파의 취기

감기는 몸을 일으켜 스며드는 온기로

그를 붙잡고 싶지만

몸이 말을 듣지 않는다.

하얗게 나를 감싸는 눈발

입을 뗄 수 없다.

그와 나를 이어 주던 실날 같은 공간도

미닫이의 휘청임에 아련해 갈 뿐

5

일상에 시들은 행인들이

새하얀 빛을 발한다.

〈따스한 밤의 환희의 물결들〉

행인들이 흩어진 거리 구석에는

하늘의 선물에도 위로받지 못해

이 도시 어디에도 뿌리내리지 못하는 이들이 있다.

그들은 잿빛 아스팔트를 뚫어 내지 못한다.

무언가 알 수 없는

대상을 찾아

이 밤도 헤매는 이들

고독한 이 도시(都市)의 아웃사이더

6

도시는 하얗게 나린 면사포를 걸치고

송이송이 눈발에 맞추어

절름발이의 걸음을 걷는다.

우리들 청춘의 웨딩마치

우리들 젊음의 묘지

7

몇 미터를 가늠할 수도 없게

사내는 흰 빛으로 덮여 버렸다.

어딘가 가야 한다는 의식이

몽롱한 눈에 빛을 내어

두 다리에 힘을 주어

비틀거리며 사내를 쫓는다.

물밀 듯이 휘감아 밀쳐 오는 취기

몸을 가눌 수 없다.

한 가닥 나를 지탱해 주는 빛은

온몸에 닭살 돋도록

나를 끼쳐 오는

사내의 그 뒷모습

잿빛 아스팔트에

남겨진 그의 내음

8

눈 속을 걷는다

온 세상이 하얀 도화지인데

약해져만 가는 눈발 사이로

사내는 영영 가 버린 걸까.

순백의 세상에 가슴 뚫린 그는

이 도시 어느 모퉁이에서

오늘도 머리 위에

눈물을 담으려 헤매고 있을까.

이렇게…

이렇게 눈은

그쳐만 가고 있는데.

사랑이란 어디서 오는 것일까

사랑이란 어디서 오는 것일까

빈 강의실에
스며드는 옅은 봄빛 몇 줄기

영원한 모성은
어디에 존재하는 걸까
헤매임 그리고 또 헤매이던 시간들…

사랑이란 어디서 오는 것일까
차갑게 식은 겨울 대지 위에
촉촉들이 내리는 단비 몇 줄기

영원한 사랑은
어디에 존재하는 걸까

막연하기만 한 여로의 시간시간들

한때는 솟아나는 젊음에
파릇파릇하던
잎사귀들이

삭아 떨어지는 낙엽이 되어
한 잎 두 잎
메마른 대지 위에 부서지고

새봄을 찾아
아련히도 소생하는 듯
열리는 너의 가지가지여

너의 내음에
두 눈을 감고 꽃밭을 거닐고 있다네

장미 그리고 안개꽃

함박꽃을 머금은 너의 웃음
긴 머리 나풀거리며
고개를 젖혀 댄다

장미 일곱 송이의 붉은 정열
안개꽃의 하얀 향기

그 모두가 어우러져
우리를 위한 소품을 만들어 낸다

화사하지도
거창하지도
그러나 초라하지도 않은
꽃다발 속의 만남

안온히 사랑의 대화를 연주하는 듯
속삭이는 듯하게
너를 묻어 낸다

너의 미소
터져 나가듯 허공을 가르는
나의 웃음에
행복한 풍선을 두 손 모아 띄우고 있다

소녀

어스름한 골목길

개의 울음도
비껴가는 등불도
아름답게 수놓아진 낭만의 시간

영혼은 창 너머에 있었고
사랑은
손끝에서 떨려 오고 있었다.

순진무구한 어린애처럼
날 보고만 있었다

기다린 시간 위에 놓인
얼음장 같은 손

전신의 싸늘함은 아랑곳없이

인두로 지지는 듯 멀어지는 발자욱
절벽에서 불어오는 냉기 어린 미소
입가에 도는 모멸 어린 웃음

등불만이
그날 밤의 시간을
지켜 주었다.

빛과 어둠

아주 어두운 골목이었다

심연의 골짜기에서 우리는 걷고 있었다

우뚝 선 건조물은 돌벽의 세멘트 빛을 풍기는데
지나온 뒤편은 메피스토의 암울한 미소를 귀퉁이에 흘려 대고 있었다

귓가엔 수은등의 저리는 울음에 그 애의 해맑은 미소 몇 조각

이때야

그를 잡아야 해

긴 터널은 대로의 활기참에 줄고
마음의 손은 그를 잡았다

그리고 분리의식을 초월하려는 또 하나의 의식

어둔 터널을 끊어 버렸다

달리는 발걸음을 좇아 영혼을 나르는 소년의 목소리가 하늘을 가른다

빛으로 가는 웃음이 울림이여!

푸른 단풍

북한산 중턱의
펑퍼짐한 바위 위에
나를 뉘었다.

하늘을 바라본다.

푸른 단풍이다

별 모양으로 겹겹이
가지마다 떠 있다.

어쩌면 시작도 알 수 없는 거울방의 비추임 같고
어쩌면 못 위를 흐르는 연꽃 무더기인 것도 같고

내가 고개만 돌리면
금시라도 다 내게
쏟아질 것만 같다.

이제 바알갛게 사랑을 하면
홍조 띤 영양에게
너의 잎들을 깔아 주렴
이 펑퍼짐한 바위 그늘 위에

라보엠에서

남의 일만은 아닌
청춘이라는 것은
이대 앞 라보엠

거리는 셋잇단음표마냥
경쾌하게 물이 올라
오월의 이대 앞 골목

옆구리엔 빳빳한 강의 노트를 끼고
윤기 나는 머리칼 끝에 번들거리는 화일들

색색이 화사하게 철 이른 단풍 끝에
바라보기도 싱싱한 젊음이 아름답다.

'단풍이 너희 두 다리를 지탱해 바알갛게
얼굴로 피어났더냐'

물풍선을 비집듯이
라보엠의 구석에 나를 밀쳤네

두 개의 세계가 맞부딪껴
겉멋 모르는 사내들과
풋풋한 남국의 과일 같은 아이들

낯이 익고 가슴이 열려
큰 눈의 소녀

내 마음 한 편린이라도
사랑의 거울이 있다면
그를 맑게도 비추었으련

내가 흐르는 물과도 같아
머리 위 거리에는
빗물이 흘러

해 질 녁이 아름다워

우리 여덟 청춘이 생생하게 어울우다

나비가 되리니 꽃이 좋을까

젊음을 날아 달콤하게 속삭이리니

비가 되리니 호수가 되거라

언제까지고 반겨 안기우리라

전생에 나는 무엇이었으랴

청초한 한 떨기 꽃이었던들

소녀들의 머리 위에서 행복히도 노래하였으리

남의 일만은 아닌

청춘이란 것은

이대 앞 라보엠

내일

1

'한 밤을 자면 내일이 온다'

나는 아무 의심도 없이 내일로 갔다.

2

부드러운 대지 위에서
모성의 꿈을 깨었을 때
나는 황량한 사막에 서 있었다.

붉게 떠 오는 피의 용솟음이
모래바람에 부연 시간,

반짝이는 모래알에 산산이 가슴이 박혀
이국의 소녀 하나
저만치 스러지다
낙타의 등에 실어 그녀를 보낸다.

딸랑딸랑 방울 소리

어제로 추억하는 나의 장미의 노래

3

사막의 길은 고독하다

겹겹이 쌓인 모래 위에서 사색은 꼬리를 문다.

악마의 유혹이라기엔

너무나 절실할 정도로

"그대여 내일이란 없는 것이네"

강한 내면의 거부감

내일은 저렇게 있는걸

4

신기루를 좇듯 나의 거울방에 들어선다

빛이 되어 비추이는

무수한 또 다른 나

아득한 미궁(迷宮, rabyrinth)

그의 손을 뿌리칠 수 없다.

나의 그림자를 도끼질해도 내일은 내 목을 휘감아 온다

5

돌아본다

오만과 독선에 찌든 허위의 실오라기

내 발자국이 두렵다

어디선가 채찍이 날아든다

잠도 오지 않는 사막의 밤

먼 하늘에 떨어지는 유성

나의 에피메테우스여!

내일로 가라

내일로 가라

욕정의 불길이 활활 타오르다 검게 그을러

살점을 찢다

내 아픔만큼이다

6

생각은 성곽에 갇혀 초원을 보지 못한다

미혹된 정신은 내일을 거부하여
패자(霸者)를 가리려는 그 전쟁의 큰 벌판에서
많은 전우들과 함께 우리는 불안한 화살을 맞고
욕망의 액체를 흩뿌리며 나동그라졌다

뼈, 살가죽, 채찍…

혼탁한 욕망의 세계

이것이 아니야

이것이 아니야

7

벗겨진 몸뚱아리에다 사람들은 누더기를 걸치고서
몹시 즐거워한다. 색의 세계는 단정을 사랑한다.

인간을 관류하는 무수한 얼굴을 거울 속에 묻어 두고서
우린 내일을 거부할 힘도 필요도 없다.

우리가 거부하는 내일이 있다면
그것은 힘겨워진 오늘이다.

아아 우리의 오랜 기억의 빛

내일이여!

8

나의 여행은 오랜 책장을 넘기듯 내일을 넘기는 것

레테 저 너머 낯익은 흙길

무수한 우리가 먼저 떠나간 여행

영원한 모성이 대지 위에 흠뻑 젖어 있던 거기

부드러움이 빛이 되는 거기

영원한 내일이다

인간의 나약한 목소리가 들린다

"한 번만이라도 내일에 설 수 있다면"
"단 한 번만이라도 내일에 설 수 있다면"

9

나는 아무 의심도 없이
이렇게 말했다

'한 밤을 자고 나면 내일이 온다'

1992년 9월 5일

밤의 플랫포옴

흐릿한 가로등 사이로
밤의 열차는
검은 바람을 가로지른다

낯선 女人들과 서 있다

본질을 망각한 자학은
무수한 허위를 밤공기 속에 뿌리고

나는 이방인처럼
애련한 불빛과 진실을 속삭인다

열차의 허리에 안기우는 사람들…

창 너머로 따스함이 멀어져 가고

아련한 밤의 내음

그들의 체온과 미소

희미한 그림자

발길을 돌려 플랫폼을 걷는다

또렷이 듣는 기적소리

내 마음의 깊은 거기에

끊이지 않는 철로를 따라 이어지는

異國의 소리

쉼 없이 솟구치는 알 수 없는 鄕愁.

내 사랑의 날들

사랑이여
그대를 그리워하네
그리워하네

호숫가 도란도란
작은 이야기가 꿈을 엮을 때
당신을 불러 본다오.

그리워서
그리움조차 사랑하게 되었을 때
나는 여기 호숫가에 섰네

그리워라
아아
사무치게 그리워라

내 가장 맑고 순수했던 그날들이여!

오늘
푸른 마음
호숫속 섬들을 바라보니

내 사랑의 날들
그림처럼 떠오르도다.

그리움

차창에 흠집이 여럿여럿
빗물이 눈물처럼 스쳐
어리는 얼굴

퀘퀘한 매연과 혼잡한 도시 틈에
움직이는 기계를 타고서는
풍겨 오는 사람들의 살냄새,

부딪끼고 엉켜서 한 몸이다 싶으면
어느새 저만치 있다.

맑았던 유리도
뿌예지고
혼탁해지고
먼지가 끼여
상처 내는 빗물이 아프지만은 않다.

이 사선을 통해서라도 창밖이 선명히 보이니까.

유리창을 열어도 보이지 않겠지

이젠

흐리멍텅한 하늘에서
빗물이 떨어져
차창을 스쳐 튕겨 간다.

그래
이번만큼은 마음 놓고 그리워할게

이 창에 움푹 패인
비 오는 아침의 그늘
그만큼만

북국(北國)[1]에 가면

북국에 가면
눈이 올까
창밖은 겨울나라

부연 하늘에
가는 전선줄들은
오선지가 되고

하얀 눈송이의 합창은
무언가 맺힌 슬픔이 있나 보다

어머니는 비질을 하신다

하늘님은 찡그리셨다
밝아지셨다

---

1 이 시 첫 행의 北國은 1968년도 노오벨 文學賞 수상작 가와바다 야쓰나리 作 설국의 배경인 일본의 북해도를 생각하면서 쓴 것이다.

그래도 눈은

세차게도 소담하게도

내려 준다

나와 같은 이를

위로해 주려는지

슬픈 그리움도

흰 눈에 싸인

지금

창밖은 겨울나라

어느 詩人[2]에게

K 형,

빗방울들이 아스팔트에서 못 이겨 춤춰 댔습니다

빗물은 하얗게도 줄을 그어 억세게도 내렸습니다

그래도 생존에의 의지는 강렬한 거품으로 솟아 댔습니다

거품이지만은 않은 치열한 도전

K 형,

처음 만난 소녀에게 우산을 씌워 주었습니다

반짝거리는 눈망울로 나를 비추이며

천진함을 빗줄기에 얘기했습니다

인생은 살아가는 방법이 아닌지

아스팔트는 흡족히 비를 머금었습니다

---

2 故 기형도 시인에게 썼다.

방랑의 기산하라고 노래했던
한 시인의 설움
인환의 거리라 하였지만

빗속의 길
같은 우산 속
허나 같지 않은 얼굴얼굴들을 대하면
생동하는 향기를 느낍니다

이 소녀도 빗속에
하나일 수 있고
그 눈에서 맑은 별을 떠올릴 수 있다면
인생이 나올 수 없는 안개 속 혼자뿐일지요

먼 길모퉁이

어두운 골목길에 흐느끼다

전등불이 꺼져도

결국 내일은 새 빛이 반짝입니다

K 형,

인생은 한 편의 아름다운 시가 아닐른지요

전화 부스에 서서

지친 듯 전화박스에 섰다

솟구쳐 오르는 모멸감을
날개 밑에 재우며

그래
늘 그런 식이었지
나에게 있어서 너는

지친 듯
나는 또 쓰러져
아픔을 울다가는

내일 다시

너를 향한 수화기를 들겠지

솟구쳐 오르는

모멸감을

목 밑에 삼키고서

그리움은 물결이 되어

여름 널 파도치는 그리움으로
바다에 가자

가슴속 애련과
터질 듯한 열정을
바다에 긴 호흡으로 뱉어 내 보자

젊음

길지도 짧지도 않지마는
옅은 비린내 코끝에 훔치며
이 여름을 살자

흰 모래

부드러운 사랑은
푸른 하늘 맞닿은 여기에

나는 호올로
보고파 눈물이 나

터진 바다를 보며
행복을 빌면

그리움은 물결이 되어
그대 발끝에 밀려가리니

아베마리아를 들으며

구노의 아베마리아를
틀어놓는다

선풍기는
추운 초겨울 방의
흩어진 담배 연기를 모아
낙엽 져 간 고목(枯木)에게 건네어 준다

우정을 아느냐.

우정이 무엇인지 아느냐.

故 김중한 교수님의
젊으셨을 적
사진 속 모습을 떠올리며

나는

전화를 끊은 후 되뇌이어 본다

많은 사연을 실은

낙엽의 무더기는

퇴색하여

이젠 돌아갈 준비를 하여

난 조용히

작은 회색빛 마당

청춘의 시간들을 돌이켜 보았다.

우정이 무엇인지 아느냐.

우정을 아느냐.

大教授의 음성이

들릴 것만 같은

서늘한 방 안

무심히도 흐르는 플루트 연주 소리

지하철 교대역에서

1

덜컹대는 지하철

밀리는 사람사람

무수한 타인의 옷깃에
나는 사라진다

無名, 沒價値

혼미한 사각은
시간 속으로 빨려들고

저마다 잠긴 꿈에
땀 내는 온기로 바뀐다

2

플랫포옴 위로

망각의 보헤미안은 가득한 인파에 보이지 않는다.

현재에 부딪끼는 고독한 그림자들만이

발자욱에 짓밟혀 흐느낀다

신문팔이 메아리

자판기의 냉소

널려진 머리

구겨 버린 신문지

질세라 그들의 온기를 찾는다

꿈을 찾는다

남겨진 고독에 천근만근

뒤를 쫓아 내닫는다

자하연에서 2

노랑 빨강 분홍

색색의 조화가
물결을 요동친다

삶 그 자체가 아니더냐?

작고 보잘것없는 놈은
부스러기도 없다

과자 조각에 달려드는
자하연의 물고기들

오월의 꿈

시장 바닥의 현란한 조명

그리고 그 틈새를 비집는 초라한 청년

아직은 가슴
못 세워 아프지만
비가 부슬부슬 나리어
하늘은 나를 적시운다

시간이 가면 빛이 올 거라
생각했던 오월의 꿈

그러나 꿈은 서 있는 자에게는 오지 않나니

서면 쓰러지니 걸으라!

걸음은 느려지는 천성(天性) 뛰어라!

꿈은 아직도 우리 곁에 있나니

우리가 다가가면 찬연히 빛날 빛의 시작이여!

그 빛으로 모두를 감싸 줄 다사로운 어머니여!

오월의 풀꽃에 경이한 탄생을 노래할 시심(詩心)이여!

그것은 잠도 안 올
설레는 신부(新婦)

그것은
오월의 꿈

낙서

밤이 차가와

넌 무얼 하고 있니?

난 책들과 손때 묻히기 하는데

함께하고파

너도 그러니?

넌 꽁알거리며 언제나 귀여운데

나의 천사야

삶이라는 이름의 시

목마와 숙녀를 읽었을 때처럼
나는 홍취에 싸여 술을 마신다

돌이켜 보면 어리석었던 나날들

화살처럼 다가와
낡은 탁자 끝을 헤집는다

친구의 얼굴은 싸늘한 내 영혼에
한 줄기 빛으로 다가선다

그의 쏟아질 것 같은 투영의 창은
전지(全知)를 자랑하려는 듯
희망을 심고

나는 설 땅을 찾아
존재의 끝을 헤맨다

맥주의 향기

술은 악마의 선물이라지만
인간은 진실되려 하잖은가

날
슬프게 했던 모든 것도
기쁘게 했던 모든 것도

살아 숨 쉰 나의 인생

그것은 또다시 내게 찾아올
삶이라는 이름의 시이리니

청춘남녀

청춘남녀의 다정한 모습

얼마나 아름다운가

터질 듯한 행복에
술잔만이 오고 간다

자욱한 담배 연기는 저 심연의 고독처럼
영혼을 울려오지만

맑은 벗의 얼굴은
상쾌한 맥주의 내음으로 다가선다

오!

젊음이여, 사랑이여, 추구여,

법과 종교와 신의 이름으로 승화될지어다.

작가 선생에게

봄 정취가 물씬한 자하연에서였지요?

분수라는 글을 쓰고 있는데 선생은 제게 오셨습니다.

금테 안경 너머 쓸쓸하다 못해 연민을 자아내는 눈빛이 지금도 선해요.

담뱃불 붙일 때 손 떠시는 걸 보고는 무척 당황했어요.

요즘은 술 많이 안 하시리라 믿습니다.

으리번쩍 광택이 줄줄 흐르는 강남역 근처에서였지요?

선생과 제가 숭숭 썰린 두부를 가운데 놓고서

소주잔에 콧김을 씌운 것이 말이에요.

솔직히 말씀드려 참으로 말이 잘 통하는 우리였지요.

목마와 숙녀를 지그시 두 눈 감고 들으시던 그 얼굴

제 풋내 나는 싯귀들도 무수히 뿌려진 그 주점

추억이란 누구에게나 아름답습니다.

비록 인파를 피한 산길 쪽의 공원에서 비를 맞은 것이

저희가 합일될 수 없었던 것이 안타까움으로 남더라도 말입니다.

저의 조야한 언어를 질책하던 선생이 선합니다.

다시 만날 그 시간엔 거나하게 제가 한잔 사지요.

4차, 5차까지만 안 이어진다면요, 전 술도 세지 않고 가난하니까요.

혹시 그때 가서 형이 또 제 덜미를 쥐고 운치 없는 놈이라고 하면 저는 6차까지라도 갈 생각입니다.

6차는 파출소겠지요?

彼岸의 사랑

눈이 내렸다

겨울의 초저녁을 하아얗게 덮으며 눈이 내렸다

검은색 목도리에 하얀 눈송이를 굴리며
내 가슴에 지난날을 반추해 주는
하늘님의 선물

그 휘몰아침을 뚫고
검은 나는
지난날의 그녀를 만나러 간다

더운 입김에서 내뱉을 내 마음의 칼끝을
외투로 포장하며

나의 찢어진 감성의 날개는 그렇게 죽었었다

돌이킴 없이 흐르는 레테의 강 - 그 유유함이여

낯익은 커피숍의 구석 자리에
금테 안경의 숙녀가 나를 알은체했다

창밖에는 눈이 내리고
내 가슴의 냉기는
이 훈훈한 공간을 시베리아 벌판으로 얼리리

죽은 소녀가 숙녀의 껍질을 쓰고 앉아 있었다

창밖은 춥고 설경이 아름다웠다

사막에 떠오르는 신기루처럼
저 하얀 눈은 사라지려 할 것이다

사랑이란 무엇인가

인생이란 무엇인가

젊음이란 또 무엇인가

모든 것이 한 때인 것을 알게 되면
우리도 부질없는 과거의 노래가 되어 있을까

아아!

아무 얘기도 없이 내일로 걸어가리니

이 사막의 길을 지나
목마르지 않는 샘, 영원한 생명이 있다는 그 초원의 샘으로 돌아
가리니

초록비

장마비가 대숲마냥 아크로를 휘감아
열람실 창 너머가 하얗다

보이는 건 그저 창백한 물보라뿐

각진 책상 한 모퉁이에 자리를 정하고
멀건히 고개를 쳐든다

무척 좁다란 골목길을 접어든 느낌이다

가지 않을 수 있었던 미로의 종단점에
촛불같이 서 있는 듯

왜 이 자리에 서 있어야 할까

온몸을 휘도는 내면의 기운

그 문은 아니잖아

머릿속을 지나쳐 고막을 꿰지르듯
뇌성이 지나간다

무어라 자꾸 되씹는 말이 초록빛이다

푸릇푸릇 창 너머의 풀잎이 먼 산에 아련함으로
풀색, 초록색, 연두색, 녹색
형형이 이어지는 빛깔들의 활기참…

뿌옇게 물보라가 퍼진다.

마디마디 올록볼록 끊어졌다

이어지는 빗줄기

내가 이 비를 뚫어 문을 나설 때

지나온 길을 얘기해 주리라

그 누구라도

초록비를 본 적이 있다면

생은 아름답다

새들의 지저귐으로 열린 아침

귀여운 조카아이의 웃음같이
맑은 소녀의 눈망울같이
아침은 아름답다

젊음은 신선한 포도와도 같이
파릇하게 샘솟는 열정

흐르는 물과도 같이
내일을 간다

혼돈이 가면
정화된 세계

어제의 나는 내일 더 깬다

여유의 미소로 냇물을 본다

태양의 수줍음으로 다가오는 밤

발그레한 색시 두 볼처럼
연인 같은 그 애의 낭만처럼

밤은 아름답다

생은 아름답다

자하연에서 4

자하연은 자유다

이리저리
물결 위를 흐르는 물고기들의 낙서만큼

자하연은 감옥이다

잡초를 비집고서
빠져나오려 하면 목을 죄는 굳은 땅만큼

내가 만약 이 안에 있었다면
삭아 아름다운 창살 새로
이렇게 써 붙였으리라

감옥은 자유다

감옥은 자유다

감옥은 자유다라고.

담배 연기 속에

날리우는 연기가
잿빛 하늘의 고동을 감싸고
너의 폐부를 그윽히 적실 때

다시 연기를 마셔 봐

계집아이들의 호들갑도
사내 녀석들의 밉살스럼도
다 연기 속 아니겠어

구름도 흐르고 놀도 흐르고
잿빛 하늘은 변덕을 부려도

다시 연기를 마셔 봐

니코틴의 향내가 역겨워서
연기를 뿜어내도

주변에서 사라지지 않아

스스로 소화해 내지 않는 한
그 노예가 될 뿐

그렇지 않니

쳇바퀴 돌 듯해도
생활은 담배 연기야

그 향내를 즐기지 않는 한
넌
끽연실에서의 참을 수 없는 고통을
목을 매어 느껴야 하니까

오월 하늘을 보며

분수와 같이
솟아오르던
사랑이 식는다

아주
긴 세월을 여행한
너는
이제 잠시
자려 하는가.

물기 없는 화초처럼
사랑 없는 나는
바삭거리는데

다시

사랑의 물로 소생하리

따스한 햇살이 비추는

오월의 하늘에

평행선

어제는 비가 내리고
나의 마음에 눈물이 흘렀다

나로서는 넘을 수 없는
한 줄기의 평행선

그 느슨한 듯한 조임을

두 방울의 물이 강을 흘러서
언젠가 하나일 인간의 길

대상이 없는 공허함보다
보이지 않게 감옥을 택하자

빗물이 스민 그 자리에
무색무취의 꽃이 피는가

어제는 비가 내리더니

오늘 내 가슴에

한줄기

눈물이 흐른다.

사랑 2 - 빛과 어둠 그 뒤에

어둡고 캄캄한 동굴 속에서 칠흑을 더듬거리며 그대를 찾았다.

시작마저 알 수 없는 그 길에서 나는 그대 한 줄기 빛을 찾았다.

기억 거기 아름답게 떠 오던 그대 영상은 살아 움직여 따슨 숨결로 나를 찾았다.

가슴에 퍼져 가던 그대 온기는 온통의 어둠을 빛으로 변하였으니

그대 나를 건져 찬란한 빛으로 비추이다.

하얀 두 손 가느다랗게 그대 두 어깨 흐느껴 그대 여린 가슴 깨어져 접어 흔들던 아픔의 손수건.

어지러이 기억마저 날아갈 듯 하나를 향해 오직 단 한 이름을 위해 맴돌아 보았었다.

우리 젊음 사랑의 소용돌이

강렬한 감정의 출렁임 위에 아득히도 밝게 다가오는 내 청춘의 그림자와도 같은 그대

이제 그대 어느 정열의 거리를 걷는가.

마로니에 한들하는 거리에서 누굴 위해 속삭이는가.

그대 긴 머리 나부끼어 초원의 꽃밭을 지나라.

이국의 정원에 꽃을 피우라.

함박꽃을 머금은 너를 바라노니

어제도 오늘도 그리고 내일도 나의 바람은 그것이리니.

G 선상의 아리아를 들으며

1

그대의 동그라안 미소가 가까와졌습니다.

상기된 얼굴은 그 옛날 원시 시대
그날의 여인들을 떠올렸습니다.

당신의 입김이 내 전신에는 전율이 되는 신비였습니다.

알지 못할 벽을 허물었다고 생각했습니다.

껍질을 벗었다는 착각을 하였습니다.

2

마음을 둘 데가 없어 이리저리 일렁였습니다.

이 파도가 언제 그칠지 물결에 맡겨 봅니다.

바흐의 음악은 공간에 흐르고
내 또 하나의 슬픔은 의식에 스며듭니다.

이제는 너무나 흔해져 버려 슬프다고 하기에도 창피한
그런 하강된 감정으로 밤바다를 봅니다.

바다는 밤이 되고, 어둠이 되고, 내 마음에 쓸쓸하게 시를 들려주었습니다.

오늘만큼은 릴케처럼
밤늦게 기도를 하고, 다짐을 할 것입니다.

밤바다에 비를 내려 달라고 간구하며, 테라스 넓다란 창에 그 이름을 써 보겠습니다.

봄날의 산책

햇살 가득한
눈부신 봄날엔
가슴 가득 사랑을 안고
거리를 걷자

행복한 꽃 냄새와
사람들의 더운 체온이
사랑스러울까

산길을 걸어 정상에 가면
나타샤와 흰 얼굴과
하얘진 당나귀가 보이리

흰 눈이 펴엉펑 내려
마음속에
추억 위에 쌓여
순백의 평면으로 돌아갈 수 있다면

산길을 내리면

길다란 철로가 있을까

햇살 가득한 그윽한 오후에

배낭을 메자

완행 기차

뒤켠에 서서

눈부신 혼자만의 사랑을 하자

玉石

내 사랑의 이름은
불러도 불러도
이내 흩어지는 산안개

차마 외로운 가슴
사랑을 불러 보다
사랑 없는 곳에 산다

흔한 사랑들이 그립다가
차라리
사랑 없는 절벽

폭포수 아래에서
천년
낙숫물에 도를 닦다

그예

반질한 옥석은 탄생하고

새벽이슬이

도르르

글굴러 빛나다

1975년 삼양라사 다락방

삼양라사 다락방에서
봉관이와 키득키득

한길 지나가는 여자한테
소리 지르고 숨고

두리번두리번
넝마주이 아저씨
아저씨 하고 소리치고 숨고

맞은편 두꺼비 아저씨는

얼굴에 큰 점이 있는데

오전에만 호떡을 백 개 이상 구우시고

한 번씩

여기 다락방 창문을 보며 웃으셨다

그 한길 위로 스님도 수녀도 지나간다

첫눈

첫눈이 내려
나의 마음 깊숙한 곳까지
속속 차가움이 스미고요
밤의 고요함은
더욱 더해만 가요

비스듬한 불빛에
녹아 흐르는 사랑을
내리는 눈송이
송이송이를
떨어지는 솜뭉치를요

한잔의 훈훈한
커피를 들고
바라보면요

슬픈 유행가 가사처럼

통속하게도

마음의 거리에

이미 눈은 쌓여 있지 않겠어요?

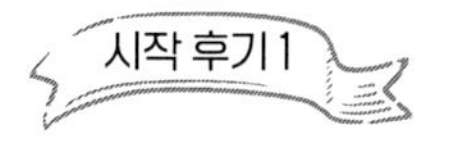

두 판사의 죽음

대학교 1학년 때 난 탁구 동아리를 가입했었다. 거기서 같은 과 친구인 홍일이를 만났다. 김홍일은 재수해서 법대에 들어온 서대전 출신의 젠틀맨이었다. 지금의 영화배우 류승룡(유승용)을 딱 닮은 그였다.

서울대학교는 관악구 신림동의 관악산 기슭에 위치해 있었다. 물론 지금도 거기 있지만. 내가 살던 집은 서울 강동구, 그것도 끄트머리 철거민촌인 하일동이었고, 그래서 학교 다니기가 너무 멀었다. (난 하일동에서 태어났다. 지금은 아파트촌이 되어 버려서 너무 아쉽다. 예전 어릴 때 놀던 추억의 앞산, 뒷산, 모래밭, 고래산 등등 추억의 장소들이 모두 없어졌다.) 홍일이하고는 탁구부를 같이 시작해서 거의 매일 탁구부에서 만났다. 같이 설악산 대청봉을 여름 방학 때 대학 동아리 탁구부원들과 올랐다. 탁구부는 서울대 법대 15동 건물에서 교문 쪽으로 300미터 정도 걸어 내려오면 후생관 맨 위층에 있었다. 다음 해 집안의 강압으로 난 2학년 2학기가 되기 전에 탁구부를 그만뒀지만, 홍일이는 끝까지 해서 3학년 때 탁구부 주장이 되었다.

홍일이는 내가 보기엔 비교적 부유했다. 서울대학교 입구 사거리역 근처에 '하버드오피스텔'이라고 있었는데, 거기 맨 꼭대기 층 오피스텔에 살았다. 같이 살던 룸메이트가 나가자 나에게 들어오라고 했다. 저렴하게 방세를 받겠다는 것이었다. 집이 멀어서 고생하던 차에 반가운 제의여서 홍일이와 살게 되었다. 당시 과외를 한 개만 해도 월 30~40만 원 이상을 벌던 시절이라서 한 달에 20-30만 원(정확한 액수는 기억이 안 난다) 내라는 홍일이의 제의는 여간 반가운 것이 아니었다. 아무튼 적은 금액이었다.

그해 겨울에 운명적으로 난 동네에 살던 'M'이라는 여학생을 대학생이 되어 다시 만났다. 그녀에게 서울대학교 구경을 시켜 주겠다고 하여 한번 부른 적이 있었는데, 홍일이가 지금 생각해 보면 센스 있게 다음과 같이 말했다.

"준이야, 내가 오늘 밤 요 앞에 여관에서 잘 테니 잘해 봐라. 알았지?"

홍일이의 친절한 코치에도 불구하고 당시 어렸던 난, M이 서울대 사거리역에 오자 그만 아주대학교로 진학한 고등학교 동창 녀석을 더 불러서 셋이서 오피스텔에서 밤새 놀았다.

그다음 날, 오피스텔로 돌아온 홍일이가 내 이야기를 듣고는 "멍청한 놈아."라고 말하며 머리를 한 대 때렸다.

그 당시 홍일이는 좋아하는 여학생이 있었다. 같이 종로학원에서 재수했던 친한 친구(그도 서울대학교 학생이었다)에게 여자 친구를 뺏겼다고 했다. 그래도 그는 그 친구와 그 친구의 여자 친구가 된 예전에 알던 여학생 둘을 같이 만났다. 성격이 무딘 것인지 좋은 것인지, 나로서는 이해 불가능했지만, 이제는 알 것 같다.

그해 겨울, M의 갑작스러운 가출과 연락 두절로 인하여-그녀의 집에 문제가 생겼었다- 나도 방황하였는데, 내가 기약 없는 방황과 함께 써 질러 놓은 시를 보고서 홍일이가 메모지에 다음과 같은 취지로 글을 써 주었다.

'보이지 않게 사랑한다는 것, 그렇게 아픈 것만은 아니다. 대상이 없는 공허함보다는 사랑하는 사람이 있다는 것이 좋은 것이다. M은 좋은 애 같지만 아직 때가 아닌 것 같다.'

홍일이가 그 글을 써 놓은 것은 내 시 '겨울여행'을 보고서 써 놓은 것이다. 난 대학교 1학년 겨울 방학부터 사춘기가 시작되었던 것이다.

물론 이 시의 뒷부분 한두 연이 추가되어 완성된 것은 그로부터 1년여 뒤였다. 홍일이가 34세의 젊은 나이에 대전지법 예비 판사를 하다가 뇌출혈 등으로 사망한 때, 법원 내부 게시판인 '코트넷 게시판'에 게시하였던 기억이 난다.

난 홍일이의 죽음을 예감했던 것일까.

지금 읽어 보면 시 내용 중에서 약해져만 가는 눈발 사이로 사라진 사내는 홍일이가 아니었던가.

홍일이가 결혼식을 하기 전에 그 배우자 되는 사람과 다 같이 노래방에 간 적이 있었다. 2003년이었을 것이다. 서울중앙지방법원 형사합의과에서 22재판부 참여사무관을 하며 공판기일조서를 작성하느라 고생하던 시절이었는데, 홍일이가 과 앞에서 날 기다리면서 날 측은하게 바라보던 기억이 난다. 법원 일반직으로 들어온 날, 그는 진심으로 안쓰럽게 생각해 주었다.

그가 갑자기 죽자, 신림동 원룸에 살면서 군법무관 2차 시험을 앞두고 시험 공부를 병행하며 회사를 다니던 난 혼란에 빠졌다. 이미 공군장교를 다녀왔지만 군대를 두 번 갈 결심을 하면서까지 빠

져나오려 한 조직이었다. 그를 조문 다녀온 후 다음 날, 꿈에 홍일이가 나타났다. 신림동 동방고시학원(예전에 상원서점 길 건너 맞은편에 있었다) 쪽에서 상원서점 쪽 앞에 길가에 앉아 있던 내게 걸어오고 있었다. 언제나처럼 탁구 칠 때 입던 하얀 티를 입고서 반갑게 내 쪽으로 걸어오고 있었다. 나도 꿈에서 "홍일아." 하고 부르며 그를 향해 걸어가는데, 귀가 찢어지는 굉음과 함께 오토바이를 탄 남자가 달려오더니 나와 홍일이가 얼싸안는 것을 가로막았다.

홍일이는 길가 옆에 앉아서 담배를 피웠던가. 정확히 기억나지는 않지만 날 바라보더니 다시 대각선으로 길을 가로질러 건너갔다. 걸어가면서 갑자기 엄청난 밝은 빛에 둘러싸여 그의 모습이 서서히 사라졌다.

그 후 미망인과 같이 대전에 있는 그의 산소에 갔었다. 비가 많이 와서 산소가 해를 입을까 봐 노심초사했다는 이야기를 했다. 미망인은 미대 졸업생이었는데, 여의도에 살았던 것 같다.

그리고 시간이 많이 흘러서 또 한 명의 판사가 비슷하게 죽었다.

민사 집행의 대가 故 이우재 부장판사도 과로로 인한 급성 뇌출혈 증세로 돌아가신 것으로 안다. 재판 업무와 재개발재건축실무저서 집필과 실무제요 집필 등으로 세 가지 일을 진행하다가 과로로 가신 것이다(조문을 갔을 때 당시 성모부장판사가 조문 오신 고위법관의 질문에 답하던 것을 옆에서 들었다). 한국민사집행법학회에서 2012

년이던가, 첫 논문 발표를 한 적이 있는데, 플로어에 있던 이 부장판사님이 격려의 칭찬을 해 주셨던 기억이 난다. 그에 용기가 배가되어 신채권집행실무 초판을 완성했었다.

사법보좌관 중에 2명을 대법원 사무국에 발령 내서 2019년 여름부터 재판연구관실 보조 내지 그 업무를 담당케 하고 있다. 현재는 4명 정도로 늘어난 것으로 아는데, 그때 1호로 내가 지목되었다.

난 故 이우재 부장판사의 케이스가 생각나서 가지 않았다. 무리하고 싶지 않았다. 그리고 영국 대학교에 비지팅스칼러의 길을 택했다. 그때 대법원에 갔으면 3급 부이사관 승진을 하고 법원에 좀 더 근무했을 것이지만, 후회는 없다.

법원을 떠나려니 너무 일찍 가 버리신 두 명의 훌륭한 판사분을 회상하게 된 아침이다.

2023년 12월 9일
페이스북 게시글에서

시작 후기 2

'내 사랑의 날들'이라는 시는 머리도 식힐 겸 그냥 가볍게 읽을 수 있는 시 같습니다.

건국대학교에서 호수를 바라보며 썼던 시입니다.

호숫속 섬이 아름다웠고, 그때 저는 결혼한 제 대학교 여자 선배와 오랜만에 만나 걷고 있었지요.

행복히 사는 그 선배를 보면서 제 지난날의 사랑을 떠올려 본 것입니다.